AF357735

ISIDORE DUCASSE

POÉSIES

— I —

Je remplace la mélancolie par le courage, le doute
par la certitude, le désespoir par l'espoir, la méchanceté par le bien, les plaintes par le devoir, le
scepticisme par la foi, les sophismes par la froideur
du calme et l'orgueil par la modestie.

Prix : UN FRANC

PARIS

JOURNAUX POLITIQUES ET LITTÉRAIRES

LIBRAIRIE GABRIE

PASSAGE VERDEAU, 25

1870

ISIDORE DUCASSE

POÉSIES

— I —

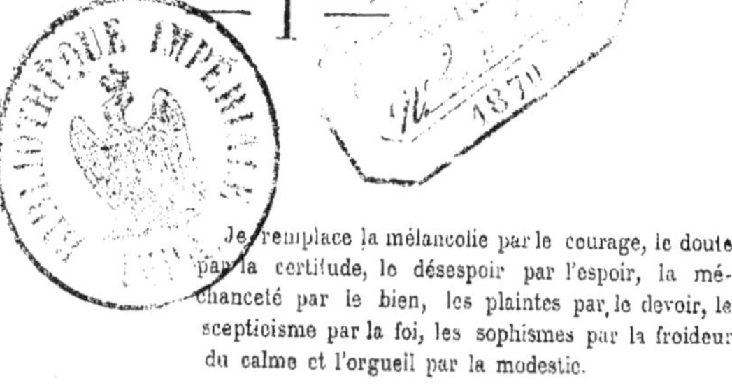

Je remplace la mélancolie par le courage, le doute par la certitude, le désespoir par l'espoir, la méchanceté par le bien, les plaintes par le devoir, le scepticisme par la foi, les sophismes par la froideur du calme et l'orgueil par la modestie.

PARIS

JOURNAUX POLITIQUES ET LITTÉRAIRES

LIBRAIRIE GABRIE

PASSAGE VERDEAU, 25

1870

A Georges DAZET, Henri MUE, Pedro ZUMARAN, Louis DURCOUR, Joseph BLEUMSTEIM, Joseph DURAND;

A mes condisciples LESPÈS, Georges MINVIELLE , Auguste DELMAS;

Aux Directeurs de Revues, Alfred SIRCOS, Frédéric DAMÉ;

Aux AMIS passés, présents et futurs;

A Monsieur HINSTIN, mon ancien professeur de rhétorique;

sont dédiés, une fois pour toutes les autres, les prosaïques mor-
ceaux que j'écrirai dans la suite des âges, et dont le premier com-
mence à voir le jour d'hui, typographiquement parlant.

POÉSIES

I

Les gémissements poétiques de ce siècle ne sont que des sophismes.

Les premiers principes doivent être hors de discussion.

J'accepte Euripide et Sophocle ; mais je n'accepte pas Eschyle.

Ne faites pas preuve de manque des convenances les plus élémentaires et de mauvais goût envers le créateur.

Repoussez l'incrédulité : vous me ferez plaisir.

Il n'existe pas deux genres de poésies ; il n'en est qu'une.

Il existe une convention peu tacite entre l'auteur et le lecteur, par laquelle le premier s'intitule malade, et accepte le second comme garde-malade. C'est le poète qui console l'humanité ! Les rôles sont intervertis arbitrairement.

Je ne veux pas être flétri de la qualification de poseur.

Je ne laisserai pas des Mémoires.

La poésie n'est pas la tempête, pas plus que le cyclone. C'est un fleuve majestueux et fertile.

Ce n'est qu'en admettant la nuit physiquement, qu'on est parvenu à la faire passer moralement. *O Nuits d'Young!* vous m'avez causé beaucoup de migraines !

On ne rêve que lorsque l'on dort. Ce sont des mots comme celui de rêve, néant de la vie, passage terrestre, la préposition peut-être, le trépied désordonné, qui ont infiltré dans vos âmes cette poésie moite des langueurs, pareille à de la pourriture. Passer des mots aux idées, il n'y a qu'un pas.

Les perturbations, les anxiétés, les dépravations, la mort, les exceptions dans l'ordre physique ou moral, l'esprit de négation, les abrutissements, les hallucinations servies par la volonté, les tourments, la destruction, les renversements, les larmes, les insatiabilités, les asservissements, les imaginations creusantes, les romans, ce qui est inattendu, ce qu'il ne faut pas faire, les singularités chimiques de vautour mystérieux qui guette la charogne de quelque illusion morte, les expériences précoces et avortées, les obscurités à carapace de punaise, la monomanie terrible de l'orgueil, l'inoculation des stupeurs profondes, les oraisons funèbres, les envies, les trahisons, les tyrannies, les impiétés, les irritations, les acrimonies, les incartades agressives, la démence, le spléen, les épouvantements raisonnés, les inquiétudes étranges, que le lecteur préférerait ne pas éprouver, les grimaces, les névroses, les filières sanglantes par lesquelles on fait passer la logique aux abois, les exagérations, l'absence de sincérité, les scies, les platitudes, le sombre, le lugubre, les enfantements pires que les meurtres, les passions, le clan des romanciers de cours d'assises, les tragédies, les odes, les mélodrames, les extrêmes présentés à perpétuité, la raison impunément sifflée, les odeurs de poule mouillée, les affadissements, les grenouilles, les poulpes, les requins, le simoun des déserts, ce qui est somnambule, louche, nocturne, somnifère, noctambule, visqueux, phoque parlant, équivoque, poitrinaire, spasmodique, aphrodisiaque, anémique, borgne, hermaphrodite, bâtard, albinos, pédéraste, phénomène d'aquarium et femme à barbe, les heures soûles du découragement taciturne, les fantaisies, les âcretés, les monstres, les syllogismes démoralisateurs, les ordures, ce qui ne réfléchit pas comme l'enfant, la désolation, ce mancenillier intellectuel, les chancres parfumés, les cuisses aux camélias, la culpabilité d'un écrivain qui roule sur la pente du néant et se méprise lui-même avec des cris joyeux, les remords, les hypocrisies, les perspectives vagues qui vous broient dans leurs engrenages imperceptibles, les crachats sérieux sur les axiômes sacrés, la vermine et ses chatouillements insinuants, les préfaces insensées, comme celles de

Cromwell, de Mlle de Maupin et de Dumas fils, les caducités, les impuissances, les blasphêmes, les asphyxies, les étouffements, les rages,—devant ces charniers immondes, que je rougis de nommer, il est temps de réagir enfin contre ce qui nous choque et nous courbe si souverainement.

Votre esprit est entraîné perpétuellement hors de ses gonds, et surpris dans le piége de ténèbres construit avec un art grossier par l'égoïsme et l'amour-propre.

Le goût est la qualité fondamentale qui résume toutes les autres qualités. C'est le *nec plus ultrà* de l'intelligence. Ce n'est que par lui seul que le génie est la santé suprême et l'équilibre de toutes les facultés. Villemain est trente-quatre fois plus intelligent qu'Eugène Sue et Frédéric Soulié. Sa préface du *Dictionnaire de l'Académie* verra la mort des romans de Walter Scott, de Fenimore Cooper, de tous les romans possibles et imaginables. Le roman est un genre faux, parce qu'il décrit les passions pour elles-mêmes : la conclusion morale est absente. Décrire les passions n'est rien ; il suffit de naître un peu chacal, un peu vautour, un peu panthère. Nous n'y tenons pas. Les décrire, pour les soumettre à une haute moralité, comme Corneille, est autre chose. Celui qui s'abstiendra de faire la première chose, tout en restant capable d'admirer et de comprendre ceux à qui il est donné de faire la deuxième, surpasse, de toute la supériorité des vertus sur les vices, celui qui fait la première.

Par cela seul qu'un professeur de seconde se dit : « Quand on me donnerait tous les trésors de l'univers, je ne voudrais pas avoir fait des romans pareils à ceux de Balzac et d'Alexandre Dumas, » par cela seul, il est plus intelligent qu'Alexandre Dumas et Balzac. Par cela seul qu'un élève de troisième s'est pénétré qu'il ne faut pas chanter les difformités physiques et intellectuelles, par cela seul, il est plus fort, plus capable, plus intelligent que Victor Hugo, s'il n'avait fait que des romans, des drames et des lettres.

Alexandre Dumas fils ne fera jamais, au grand jamais, un discours de distribution des prix pour un lycée. Il ne connaît pas ce que c'est que la morale. Elle ne transige pas. S'il le faisait, il devrait auparavant biffer d'un trait de plume tout ce qu'il a écrit jusqu'ici, en commençant par ses Préfaces absurdes. Réunissez un jury d'hommes compétents : je soutiens qu'un bon élève de seconde est plus fort que lui dans n'importe quoi, même dans la même dans la *sale* question des courtisanes.

Les chefs-d'œuvre de la langue française sont les discours de distribution pour les lycées, et les discours académiques. En effet, l'instruction de la jeunesse est peut-être la plus belle expression pratique du devoir, et une bonne appréciation des ouvrages de Voltaire (creusez le mot appréciation) est préférable à ces ouvrages eux-mêmes. — Naturellement !

Les meilleurs auteurs de romans et de drames dénatureraient à la longue la fameuse idée du bien, si les corps enseignants, conservatoires du juste, ne retenaient les générations jeunes et vieilles dans la voie de l'honnêteté et du travail.

En son nom personnel, malgré elle, il le faut, je viens renier, avec une volonté indomptable, et une ténacité de fer, le passé hideux de l'humanité pleurarde. Oui : je veux proclamer le beau sur une lyre d'or, défalcation faite des tristesses goîtreuses et des fiertés stupides qui décomposent, à sa source, la poésie marécageuse de ce siècle. C'est avec les pieds que je foulerai les stances aigres du scepticisme, qui n'ont pas leur motif d'être. Le jugement, une fois entré dans l'efflorescence de son énergie, impérieux et résolu, sans balancer une seconde dans les incertitudes dérisoires d'une pitié mal placée, comme un procureur général, fatidiquement, les condamne. Il faut veiller sans relâche sur les insomnies purulentes et les cauchemars atrabilaires. Je méprise et j'exècre l'orgueil, et les voluptés infâmes d'une ironie, faite éteignoir, qui déplace la justesse de la pensée.

Quelques caractères, excessivement intelligents, il n'y a pas lieu que vous l'infirmiez par des palinodies d'un goût douteux, se sont jetés, à tête perdue, dans les bras du mal. C'est l'absinthe, savoureuse, je ne le crois pas, mais, nuisible, qui tua moralement l'auteur de *Rolla*. Malheur à ceux qui sont gourmands ! A peine est-il entré dans l'âge mûr, l'aristocrate anglais, que sa harpe se brise sous les murs de Missolonghi, après n'avoir cueilli sur son passage que les fleurs qui couvent l'opium des mornes anéantissements.

Quoique plus grand que les génies ordinaires, s'il s'était trouvé de son temps un autre poète, doué, comme lui, à doses semblables, d'une intelligence exceptionnelle, et capable de se présenter comme son rival, il aurait avoué, le premier, l'inutilité de ses efforts pour produire des malédictions disparates ; et que, le bien exclusif est, seul, déclaré digne, de par la voix de tous les mondes, de s'approprier notre estime. Le fait fut qu'il n'y eut personne pour le combattre avec avantage. Voilà ce qu'aucun n'a dit. Chose étrange ! même en feuilletant les recueils et les livres de son époque, aucun critique n'a songé à mettre en relief le rigoureux syllogisme qui précède. Et ce n'est que celui qui la

surpassera qui peut l'avoir inventé. Tant on était rempli de stupeur
et d'inquiétude, plutôt que d'admiration réfléchie, devant des ouvrages écrits d'une main perfide, mais qui révélaient, cependant,
les manifestations imposantes d'une âme qui n'appartient pas au vul-
gaire des hommes, et qui se trouvait à son aise dans les conséquences dernières d'un des deux moins obscurs problèmes qui inté-
ressent les cœurs non-solitaires : le bien, le mal. Il n'est pas donné
à quiconque d'aborder les extrêmes, soit dans un sens, soit dans
un autre. C'est ce qui explique pourquoi, tout en louant, sans ar-
rière-pensée, l'intelligence merveilleuse dont il dénote à chaque
instant la preuve, lui, un des quatre ou cinq phares de l'humanité,
l'on fait, en silence, ses nombreuses réserves sur les applications
et l'emploi injustifiables qu'il en a faits sciemment. Il n'aurait pas
dû parcourir les domaines sataniques.

La révolte féroce des Troppmann, des Napoléon Ier, des Papa-
voine, des Byron, des Victor Noir et des Charlotte Corday sera
contenue à distance de mon regard sévère. Ces grands criminels,
à des titres si divers, je les écarte d'un geste. Qui croit-on tromper
ici, je le demande avec une lenteur qui s'interpose ? O dadas de
bagne ! Bulles de savon ! Pantins en baudruche ! Ficelles usées !
Qu'ils s'approchent, les Konrad, les Manfred, les Lara, les marins
qui ressemblent au Corsaire, les Méphistophélès, les Werther, les
Don Juan, les Faust, les Iago, les Rodin, les Caligula, les Caïn, les
Iridion, les mégères à l'instar de Colomba, les Ahrimane, les ma-
nitous manichéens, barbouillés de cervelle, qui cuvent le sang de
leurs victimes dans les pagodes sacrées de l'Hindoustan, le ser-
pent, le crapaud et le crocodile, divinités, considérées comme
anormales, de l'antique Égypte, les sorciers et les puissances dé-
moniaques du moyen âge, les Prométhée, les Titans de la mytho-
logie foudroyés par Jupiter, les Dieux Méchants vomis par l'ima-
gination primitive des peuples barbares, — toute la série bruyante
des diables en carton. Avec la certitude de les vaincre, je saisis
la cravache de l'indignation et de la concentration qui soupèse,
et j'attends ces monstres de pied ferme, comme leur dompteur
prévu.

Il y a des écrivains ravalés, dangereux loustics, farceurs au
quarteron, sombres mystificateurs, véritables aliénés, qui méri-
teraient de peupler Bicêtre. Leurs têtes crétinisantes, d'où une
tuile a été enlevée, créent des fantômes gigantesques, qui des-
cendent au lieu de monter. Exercice scabreux ; gymnastique
spécieuse. Passez donc, grotesque muscade. S'il vous plaît, reti-
rez-vous de ma présence, fabricateurs, à la douzaine, de rébus

défendus, dans lesquels je n'apercevais pas auparavant, du premier coup, comme aujourd'hui, le joint de la solution frivole. Cas pathologique d'un égoïsme formidable. Automates fantastiques : indiquez-vous du doigt, l'un à l'autre, mes enfants, l'épithète qui les remet à leur place.

S'ils existaient, sous la réalité plastique, quelque part, ils seraient, malgré leur intelligence avérée, mais fourbe, l'opprobre, le fiel, des planètes qu'ils habiteraient la honte. Figurez-vous les, un instant, réunis en société avec des substances qui seraient leurs semblables. C'est une succession non interrompue de combats, dont ne rêveront pas les boule-dogues, interdits en France, les requins et les macrocéphales-cachalots. Ce sont des torrents de sang, dans ces régions chaotiques pleines d'hydres et de minotaures, et d'où la colombe, effarée sans retour, s'enfuit à tire-d'aile. C'est un entassement de bêtes apocalyptiques, qui n'ignorent pas ce qu'elles font. Ce sont des chocs de passions, d'irréconciliabilités et d'ambitions, à travers les hurlements d'un orgueil qui ne se laisse pas lire, se contient, et dont personne ne peut, même approximativement, sonder les écueils et les bas-fonds.

Mais, ils ne m'en imposeront plus. Souffrir est une faiblesse, lorsqu'on peut s'en empêcher et faire quelque chose de mieux. Exhaler les souffrances d'une splendeur non équilibrée, c'est prouver, ô moribonds des maremmes perverses! moins de résistance et de courage, encore. Avec ma voix et ma solennité des grands jours, je te rappelle dans mes foyers déserts, glorieux espoir. Viens t'asseoir à mes côtés, enveloppé du manteau des illusions, sur le trépied raisonnable des apaisements. Comme un meuble de rebut, je t'ai chassé de ma demeure, avec un fouet aux cordes de scorpions. Si tu souhaites que je sois persuadé que tu as oublié, en revenant chez moi, les chagrins que, sous l'indice des repentirs, je t'ai causés autrefois, crebleu, ramène alors avec toi, cortége sublime, — soutenez-moi, je m'évanouis! — les vertus offensées, et leurs impérissables redressements.

Je constate, avec amertume, qu'il ne reste plus que quelques gouttes de sang dans les artères de nos époques phthisiques. Depuis les pleurnicheries odieuses et spéciales, brevetées sans garantie d'un point de repère, des Jean-Jacques Rousseau, des Châteaubriand et des nourrices en pantalon aux poupons Obermann, à travers les autres poètes qui se sont vautrés dans le limon impur, jusqu'au songe de Jean-Paul, le suicide de Dolorès de Veintemilla, le Corbeau d'Allan, la Comédie Infernale du Polonais, les yeux sanguinaires de Zorilla, et l'immortel cancer, Une Charogne, que peignit autrefois, avec amour, l'amant morbide de la Vénus hottentote, les douleurs invraisemblables que ce siècle s'est créées à lui-même, dans leur voulu monotone et dégoûtant, l'ont rendu poitrinaire. Larves absorbantes dans leurs engourdissements insupportables !

Allez, la musique.

Oui, bonnes gens, c'est moi qui vous ordonne de brûler, sur une pelle, rougie au feu, avec un peu de sucre jaune, le canard du doute, aux lèvres de vermouth, qui, répandant, dans une lutte mélancolique entre le bien et le mal, des larmes qui ne viennent pas du cœur, sans machine pneumatique, fait, partout, le vide universel. C'est ce que vous avez de mieux à faire.

Le désespoir, se nourrissant avec un parti pris, de ses fantasmagories, conduit imperturbablement le littérateur à l'abrogation en masse des lois divines et sociales, et à la méchanceté théorique et pratique. En un mot, fait prédominer le derrière humain dans les raisonnements. Allez, et passez-moi le mot ! L'on devient méchant, je le répète, et les yeux prennent la teinte des condamnés à mort. Je ne retirerai pas ce que j'avance. Je veux que ma poésie puisse être lue par une jeune fille de quatorze ans.

La vraie douleur est incompatible avec l'espoir. Pour si grande que soit cette douleur, l'espoir, de cent coudées, s'élève plus haut encore. Donc, laissez-moi tranquille avec les chercheurs. A bas, les pattes, à bas, chiennes cocasses, faiseurs d'embarras, poseurs ! Ce qui souffre, ce qui dissèque les mystères qui nous entourent, n'espère pas. La poésie qui discute les vérités nécessaires est moins belle que celle qui ne les discute pas. Indécisions à outrance, talent mal employé, perte de temps : rien ne sera plus facile à vérifier.

Chanter Adamastor, Jocelyn, Rocambole, c'est puéril. Ce n'est même que parce que l'auteur espère que le lecteur sous-entend qu'il pardonnera à ses héros fripons, qu'il se trahit lui-même et s'appuie sur le bien pour faire passer la description du mal. C'est au nom de ces mêmes vertus que Frank a méconnues, que nous voulons bien le supporter, ô saltimbanques des malaises incurables.

Ne faites pas comme ces explorateurs sans pudeur, magnifiques, à leurs yeux, de mélancolie, qui trouvent des choses inconnues dans leur esprit et dans leur corps !

La mélancolie et la tristesse sont déjà le commencement du doute ; le doute est le commencement du désespoir ; le désespoir est le commencement cruel des différents degrés de la méchanceté.

Pour vous en convaincre, lisez la *Confession d'un enfant du siècle.*
La pente est fatale, une fois qu'on s'y engage. Il est certain qu'on
arrive à la méchanceté. Méfiez-vous de la pente. Extirpez le mal
par la racine. Ne flattez pas le culte d'adjectifs tels que indescrip-
tible, inénarrable, rutilant, incomparable, colossal, qui mentent
sans vergogne aux substantifs qu'ils défigurent : ils sont poursui-
vis par la lubricité.

Les intelligences de deuxième ordre, comme Alfred de Musset,
peuvent pousser rétivement une ou deux de leurs facultés beaucoup plus loin que les facultés correspondantes des intelligences
de premier ordre, Lamartine, Hugo. Nous sommes en présence
du déraillement d'une locomotive surmenée. C'est un cauchemar
qui tient la plume. Apprenez que l'âme se compose d'une ving-
taine de facultés. Parlez-moi de ces mendiants qui ont un chapeau
grandiose, avec des haillons sordides!

Voici un moyen de constater l'infériorité de Musset sous les
deux poètes. Lisez, devant une jeune fille, *Rolla* ou *les Nuits, les
Fous* de Cobb, sinon les portraits de Gwynplaine et de Dea, ou le
Récit de Théramène d'Euripide, traduit en vers français par
Racine le père. Elle tressaille, fronce les sourcils, lève et abaisse
les mains, sans but déterminé, comme un homme qui se noie ;
les yeux jetteront des lueurs verdâtres. Lisez-lui la *Prière pour
tous,* de Victor Hugo. Les effets sont diamétralement opposés. Le
genre d'électricité n'est plus le même. Elle rit aux éclats, elle
en demande davantage.

De Hugo, il ne restera que les poésies sur les enfants, où se
trouve beaucoup de mauvais.

Paul et Virginie choque nos aspirations les plus profondes au
bonheur. Autrefois, cet épisode qui broie du noir de la première à
la dernière page, surtout le naufrage final, me faisait grincer des
dents. Je me roulais sur le tapis et donnais des coups de pied à
mon cheval en bois. La description de la douleur est un contre-
sens. Il faut faire voir tout en beau. Si cette histoire était racontée
dans une simple biographie, je ne l'attaquerais point. Elle change
tout de suite de caractère. Le malheur devient auguste par la volonté impénétrable de Dieu qui le créa. Mais l'homme ne doit pas
créer le malheur dans ses livres. C'est ne vouloir, à toutes forces,
considérer qu'un seul côté des choses. O hurleurs maniaques que
vous êtes!

Ne reniez pas l'immortalité de l'âme, la sagesse de Dieu, la
grandeur de la vie, l'ordre qui se manifeste dans l'univers, la
beauté corporelle, l'amour de la famille, le mariage, les institu-

tions sociales. Laissez de côté les écrivassiers funestes : Sand, Balzac, Alexandre Dumas, Musset, Du Terrail, Féval, Flaubert, Baudelaire, Leconte et la *Grève des Forgerons!*

Ne transmettez à ceux qui vous lisent que l'expérience qui se dégage de la douleur, et qui n'est plus la douleur elle-même. Ne pleurez pas en public.

Il faut savoir arracher des beautés littéraires jusque dans le sein de la mort; mais ces beautés n'appartiendront pas à la mort. La mort n'est ici que la cause occasionnelle. Ce n'est pas le moyen, c'est le but, qui n'est pas elle.

Les vérités immuables et nécessaires, qui font la gloire des nations, et que le doute s'efforce envain d'ébranler, ont commencé depuis les âges. Ce sont des choses auxquelles on ne devrait pas toucher. Ceux qui veulent faire de l'anarchie en littérature, sous prétexte de nouveau, tombent dans le contre-sens. On n'ose pas attaquer Dieu; on attaque l'immortalité de l'âme. Mais, l'immortalité de l'âme, elle aussi, est vieille comme les assises du monde. Quelle autre croyance la remplacera, si elle doit être remplacée? Ce ne sera pas toujours une négation.

Si l'on se rappelle la vérité d'où découlent toutes les autres, la bonté absolue de Dieu et son ignorance absolue du mal, les sophismes s'effondreront d'eux-mêmes. S'effondrera, dans un temps pareil, la littérature peu poétique qui s'est appuyée sur eux. Toute littérature qui discute les axiômes éternels est condamnée à ne vivre que d'elle-même. Elle est injuste. Elle se dévore le foie. Les *novissima Verba* font sourire superbement les gosses sans mouchoir de la quatrième. Nous n'avons pas le droit d'interroger le Créateur sur quoi que ce soit.

Si vous êtes malheureux, il ne faut pas le dire au lecteur. Gardez cela pour vous.

Si on corrigeait les sophismes dans le sens des vérités correspondantes à ces sophismes, ce n'est que la correction qui serait vraie; tandis que la pièce ainsi remaniée, aurait le droit de ne plus s'intituler fausse. Le reste serait hors du vrai, avec trace de faux, par conséquent nul, et considéré, forcément, comme non avenu.

La poésie personnelle a fait son temps de jongleries relatives et de contorsions contingentes. Reprenons le fil indestructible de la poésie impersonnelle, brusquement interrompu depuis la naissance du philosophe manqué de Ferney, depuis l'avortement du grand Voltaire.

Il paraît beau, sublime, sous prétexte d'humilité ou d'orgueil, de discuter les causes finales, d'en fausser les conséquences stables et connues. Détrompez-vous, parce qu'il n'y a rien de plus bête! Renouons la chaîne régulière avec les temps passés; la poésie est la géométrie par excellence. Depuis Racine, la poésie n'a pas progressé d'un millimètre. Elle a reculé. Grâce à qui? aux Grandes-Têtes-Molles de notre époque. Grâce aux femmelettes, Châteaubriand, le Mohican-Mélancolique; Sénancourt, l'Homme-en-Jupon; Jean-Jacques Rousseau, le Socialiste-Grincheur; Anne Radcliffe, le Spectre-Toqué; Edgar Poë, le Mameluck-des-Rêves-d'Alcool; Mathurin, le Compère-des-Ténèbres; Georges Sand, l'Hermaphrodite-Circoncis; Théophile Gautier, l'Incomparable-Epicier; Leconte, le Captif-du-Diable; Gœthe, le Suicidé-pour-Pleurer; Sainte-Beuve, le Suicidé-pour-Rire; Lamartine, la Cigogne-Larmoyante; Lermontoff, le Tigre-qui-Rugit; Victor Hugo, le Funèbre-Échalas-Vert; Misçkiéwicz, l'Imitateur-de-Satan; Musset, le Gandin-Sans-Chemise-Intellectuelle; et Byron, l'Hippopotame-des-Jungles-Infernales.

Le doute a existé de tout temps en minorité. Dans ce siècle, il est en majorité. Nous respirons la violation du devoir par les pores. Cela ne s'est vu qu'une fois; cela ne se reverra plus.

Les notions de la simple raison sont tellement obscurcies à l'heure qu'il est, que, la première chose que font les professeurs de quatrième, quand ils apprennent à faire des vers latins à leurs élèves, jeunes poètes dont la lèvre est humectée du lait maternel, c'est de leur dévoiler par la pratique le nom d'Alfred de Musset. Je vous demande un peu, beaucoup! Les professeurs de troisième, donc, donnent, dans leurs classes à traduire, en vers grecs, deux sanglants épisodes. Le premier, c'est la repoussante comparaison du pélican. Le deuxième, sera l'épouvantable catastrophe arrivée à un laboureur. A quoi bon regarder le mal? N'est-il pas en minorité? Pourquoi pencher la tête d'un lycéen sur des questions qui, faute de n'avoir pas été comprises, ont fait perdre la leur à des hommes tels que Pascal et Byron?

Un élève m'a raconté que son professeur de seconde avait donné à sa classe, jour par jour, ces deux charognes à traduire en vers hébreux. Ces plaies de la nature animale et humaine le rendirent malade pendant un mois, qu'il passa à l'infirmerie. Comme nous nous connaissions, il me fit demander par sa mère. Il me raconta, quoique avec naïveté, que ses nuits étaient troublées par des rêves de persistance. Il croyait voir une armée de pélicans qui s'abattaient sur sa poitrine, et la lui déchiraient. Ils s'envolaient ensuite vers une chaumière en flammes. Ils mangeaient la femme

du abourcur et ses enfants. Le corps noirci de brûlures, le laboureur sortait de la maison, engageait avec les pélicans un combat
atroce. Le tout se précipitait dans la chaumière, qui retombait en
éboulements. De la masse soulevée des décombres—cela ne ratait
jamais — il voyait sortir son professeur de seconde, tenant d'une
main son cœur, de l'autre une feuille de papier où l'on déchiffrait,
en traits de soufre, la comparaison du pélican et celle du laboureur, telles que Musset lui-même les a composées. Il ne fut pas
facile, au premier abord, de pronostiquer son genre de maladie.
Je lui recommandai de se taire soigneusement, et de n'en parler
à personne, surtout à son professeur de seconde. Je conseillai à
sa mère de le prendre quelques jours chez elle, en assurant que
cela se passerait. En effet, j'avais soin d'arriver chaque jour pendant quelques heures, et cela se passa.

Il faut que la critique attaque la forme, jamais le fond de vos
idées, de vos phrases. Arrangez-vous.

Les sentiments sont la forme de raisonnement la plus incom-
plète qui se puisse imaginer.

Toute l'eau de la mer ne suffirait pas à laver une tache de sang
intellectuelle.

PARIS. — IMPRIMERIE BALITOUT, QUESTROY ET Cⁱᵉ, RUE BAILLIF, 7.

PARIS

IMPRIMERIE BALITOUT, QUESTROY ET Cᵉ

7, rue Baillif et rue de Valois, 18